AF403790

ÉPÎTRE

A M. LE D.ᴿ BROUSSAIS.

Tous les Exemplaires devront être revêtus de la signature de l'Auteur.

PRIX : 2 fr.

VERSAILLES,
DE L'IMPRIMERIE DE VITRY.

ÉPÎTRE

A M. LE D.ᴿ BROUSSAIS,

DÉDIÉE

A M. LE BARON DES TOUCHES,

PRÉFET DU DÉPARTEMENT DE SEINE ET OISE,
Commandeur de l'Ordre royal de la Légion d'honneur, Gentilhomme honoraire de la Chambre du Roi, etc., etc.

Par M. BORIE,

DOCTEUR EN MÉDECINE,

Chevalier de l'Ordre royal de la Légion d'honneur, ancien Médecin et Chirurgien
des armées, Membre de plusieurs Sociétés Littéraires, et de la Société Médicale
d'Émulation de Paris; ex-Chirurgien-Major de la Garde royale, Médecin à
l'Hospice royal de Versailles.

A VERSAILLES,

Chez CARON, Libraire, rue Satory, n.° 25;

ET A PARIS,

Chez
{
DAUVIN, rue du Carrousel, n.° 4;
A. LEROUX, au Palais-Royal, Galerie de Bois,
n.° 202.
}

1824.

38975

A M. le Baron Des Touches,

Préfet du département de Seine et Oise, Commandeur de l'Ordre royal de la Légion d'honneur, Gentilhomme honoraire de la chambre du Roi, etc. etc.

Monsieur le Préfet,

J'AI toujours l'intention de vous adresser la Topographie physique et médicale de la ville de Versailles ; mais je prévois qu'il me faudra encore une année, au moins, pour compléter ce travail. Il me manque des renseignemens importans ; j'ai besoin de me livrer à de nouvelles et utiles recherches ; mais comment satisfaire à l'empressement que j'éprouve de vous exprimer ma reconnaissance pour l'intérêt que vous m'avez témoigné dans toutes les occasions?

Je me suis souvenu que vous n'étiez pas plus favorable aux sangsues en médecine qu'en administration, et j'ai résolu de vous offrir l'hommage de cet essai didactique. Puisse-t-il être un frein pour ce fanatisme meurtrier qui, bientôt, aura fait couler autant de sang qu'en ont fait répandre les plus horribles révolutions, les guerres les plus cruelles!

Je suis avec respect,

Monsieur le Préfet,

Votre très-humble et très-obéissant serviteur,

L. BORIE.

ÉPÎTRE

A M. LE D.ᴿ BROUSSAIS.

L'Auteur prouve, dans cette Épître, que la Médecine est toute dans
l'observation de la nature; il y soutient que l'esprit de système
tend à écarter quelques médecins des voies de l'expérience, en
les portant à substituer à la vérité les écarts de leur vagabonde
imagination; enfin, tout en rendant justice au caractère, à l'érudition et aux talens de M. BROUSSAIS, l'Auteur démontre, par
de terribles exemples, que l'opinion de ce professeur du Val-de-
Grâce paralyse l'émulation médicale, et que l'abus de sa méthode
curative est un fléau qui menace l'humanité.

> *Non missura cutem, nisi plena cruoris, hirudo.*
> Hoɪ. Art. Poét.
> Ce n'est qu'ivre de sang qu'elle (la sangsue) quitte sa proie.

Aᴅᴍɪʀᴀʙʟᴇ Docteur en physiologie,
Qui crois nous faire vivre en nous ôtant la vie (1),
BROUSSAIS, maître adoré d'imberbes sectateurs,
Toi qui feras pâlir les plus grands novateurs!
Et qui par tes écrits, toujours anti-fébriles,
Formes, en moins d'un an, des médecins habiles!

(1) Suivant l'opinion des physiologistes de tous les temps, le
sang excite et entretient l'action de tous les organes; il est, sous
ce rapport, le germe de la vie. Il faut donc le ménager, quand
même il serait prouvé que les nombreuses maladies auxquelles nous
sommes sujets, ne sont que les résultats d'*irritations*, d'*inflammations* mixtes, de *sub-inflammations*, etc., comme l'avance
M. BROUSSAIS.

Si ton système riche, en funestes erreurs,
Trouve encor parmi nous de fougueux amateurs ;
Je tremble que bientôt nos villes florissantes,
Nos populeux hameaux, nos campagnes riantes,
N'offrent à tous les yeux que l'aspect déchirant
Des excès que commet un délire effrayant.
Je ne viens pas, BROUSSAIS , crois-moi, je t'en supplie,
Ni tremper mon pinceau dans le fiel de l'envie,
Ni t'offrir largement un fastueux encens
Qui malgré toi, peut-être, engourdirait tes sens ;
Mais je veux te prouver, qu'en thèse générale,
Contre toi le public doit crier au scandale.

Les Baillou, les Wepfer, Sydenham et Morton,
Comme un vieillard divin (2) dans l'observation,
Ont excellé toujours ; et cet art de s'instruire,
Pour nous est presque tout, quoi qu'on en puisse dire.
L'ignorance, sans lui, par des meurtres nouveaux,
Changerait promptement les cités en tombeaux.
Vous tous physiciens, historiens, chimistes,
Zélés navigateurs, peintres et botanistes !
Dites à qui sont dus ces immenses travaux,
Ces étonnans succès, ces procédés nouveaux,
Ces rapides progrès dans les arts, les sciences ?
D'où nous viennent enfin ces vastes connaissances ,
Qui, sur les nations étendant leurs bienfaits,
Font la gloire des rois, le bonheur des sujets ?
Oui, l'étude des faits est la seule certaine,
Des plus justes esprits elle fut souveraine ;
Toujours elle guida Labruyère, Newton,
Le sévère Tacite et l'immortel Buffon.
Nos médecins fameux constamment l'ont suivie,
Sans elle on ne saurait approfondir la vie,

(2) Hippocrate.

Si toutefois, BROUSSAIS, à l'homme il est permis
De pénétrer de Dieu les décrets infinis.
Mais pour bien observer, surtout en médecine,
Il faut des qualités plus qu'on ne l'imagine ;
Un jugement solide est de toute rigueur ;
Sans cette faculté nul n'est observateur.
Une saine logique est toujours nécessaire ;
Il faut avoir à fond pénétré sa matière.
De la prévention, fille du préjugé,
Se défendre, Docteur, ou lui donner congé;
Ne s'écarter jamais de la route si sûre
Que nous montre souvent la féconde nature ;
C'est elle qui prescrit au loup les champignons (3),
Aux chèvres le dictame (4) et le sel aux moutons (5).

Sais-tu pourquoi, BROUSSAIS, dans le siècle où nous sommes,
Il meurt moins d'animaux que de femmes, que d'hommes?
Ce n'est pas, qu'à leur tour, les premiers, cher Docteur,
Ne se trouvent surpris par la vive douleur;
Qu'ils ignorent des maux la nombreuse cohorte,
Et les infirmités que le temps nous apporte;
Mais c'est qu'en eux, toujours, le système adopté
Est de voir dans l'instinct leur université;
De ne prendre jamais le chemin de Bicêtre,
Où beaucoup de docteurs aujourd'hui devraient être;
De fuir du merveilleux le trop ardent amour,
Qui prend l'obscurité pour l'éclat d'un beau jour;

(3) Le loup se purge avec certains champignons, comme le chien s'excite à vomir en mâchant le gramen.

(4) C'est des cerfs et des chèvres sauvages de la Crète, selon Aristote et Cicéron, que nous tenons l'emploi du dictame et des vulnéraires.

(5) Les moutons qui out des vers au foie vont lécher des pierres salées et urineuses.

D'ignorer pleinement la morphine (6), l'iode (7),
Et jusques aux *succès* de ta *neuve* méthode;
De n'agréger jamais à leurs réunions,
Ni saigneurs absolus, ni cupides purgons;
D'user de la saignée, alors qu'elle est utile (8),
Et d'en agir ainsi pour expulser la bile (9);
N'assaisonnant jamais leurs modestes repas,
S'ils éprouvent par fois, le gastrique embarras,
(Que tu nommes, Docteur, *une franche gastrite* (10)),
Ou les tiraillemens d'une intense entérite (11), .

(6) La morphine est une matière de nature végéto-animale, que MM. Séguin et Sertuerner ont précipitée de la solution d'opium par l'intermède de l'ammoniaque. M. Robiquet l'obtient moins colorée et plus alcaline au moyen de la magnésie. M. Orphila considère la morphine comme le seul principe actif de l'opium.

(7) L'iode est un poison corrosif redoutable qu'on extrait le plus communément des eaux mères de la *soude de Vareck*, et dont la découverte est due à M. Courtois.

(8) Lorsque l'hippopotame, dit Pline, connaît au trouble de sa santé qu'une trop grande quantité de sang le fatigue, il se saigne lui-même en se frottant contre les roseaux fraîchement coupés du Nil.

(9) Les Egyptiens, essentiellement observateurs, apprirent de l'ibis l'usage des purgatifs.

(10) La gastrite est l'inflammation de l'estomac. Galien, Vogel, Sauvage, Pinel, etc., nous l'ont dit avant M. BROUSSAIS. Elle est une comme l'embarras gastrique est un. Dans celui-ci on éprouve un sentiment de gonflement et de plénitude qu'on ne ressent pas dans la gastrite; toutes les sangsues du monde, et elles sont en grand nombre aujourd'hui, ne feraient pas céder l'embarras gastrique *proprement dit*, tandis que l'émétique le fait disparaître, comme par enchantement, en expulsant de l'estomac les substances qui le fatiguent.

Dans la gastrite, au contraire, il faut avoir recours aux saignées et aux boissons relâchantes, comme dans toutes les inflammations.

(11) Quelques auteurs entendent, par entérite, l'inflammation

A l'hirudomanie au lieu d'avoir recours ,
Ou de mourir de faim pour conserver leurs jours (12),

de la membrane qui tapisse l'intérieur du canal alimentaire. Il
faut, ce nous semble, une grande pénétration pour distinguer l'inflammation de cette tunique de celle de la membrane nerveuse
qui lui est immédiatement sus-jacente. Notre opinion est la même
sur le traitement de l'entérite que sur celui de la gastrite. La saignée
serait, au moins inutile, s'il y avait accumulation de bile ou de mu-
cus dans les intestins.

(12) Ce n'est point assez, pour les partisans esclusifs de M. BROUS-
SAIS, de saigner à outrance, soit par la lancette, soit en appliquant
dans un jour autant de sangsues que les plus habiles praticiens en or-
donnaient autrefois en un an, ils veulent encore qu'à la moindre indis-
position nous soyons privés d'alimens. « Considérez le malade, dit le
Père de la médecine, et voyez s'il pourra suffire contre la force du mal,
et s'il ne sera pas abattu faute de nourriture, ou bien s'il triomphera
de la maladie sans qu'on ait besoin d'ajouter à son énergie vitale en
le nourrissant un peu. »

« Servez-vous de l'abstinence pour combattre les accidens mor-
bifiques, ajoute Celse, tant que les forces seront dominantes; mais
aussi soyez attentifs à donner de la nourriture aussitôt qu'elles com-
menceront à s'affaiblir. »

« La faiblesse, selon Arétée, semble nourrir les affections morbi-
fiques, tandis que souvent la force les guérit. » Nous pourrions citer
une foule d'observations à l'appui de cette assertion ; mais nous nous
contenterons de parler de M. le vicomte d'Hardivilliers, que l'on te-
nait depuis trois ou quatre mois à une diète sévère et aux sangsues,
pour un léger embarras gastrique qui n'existait plus. Nous nous hâ-
tâmes de remettre progressivement le malade à une nourriture con-
venable. Les premiers alimens eurent de la peine à passer. Cela
devait être. L'estomac avait perdu son ressort, nous dirons même
l'habitude de digérer. Que l'on condamne un membre à un repos
plus ou moins long, il perdra la faculté de se mouvoir. Nous insis-
tâmes sur des alimens d'abord doux et légers, et en moins de
quinze jours cet officier distingué fut rendu à l'existence. Depuis
Hippocrate jusqu'à M. BROUSSAIS, on n'avait jamais vu un léger
bouillon produire la fièvre, et autres accidens, comme cela a lieu
de nos jours. Encore une fois, c'est parce qu'on détruit, sans

Ils laissent sagement la prudente nature
De leurs maux obtenir une complète cure.
Dans leurs rangs on ne voit aucun de ces docteurs ,
Charlatans érudits, facétieux auteurs ,
Qui, trop protubérans dans le philosophisme ,
Préconisent sans fin le matérialisme ;
Ni de ces guérisseurs avides et pervers ,
Qui, pleins de leurs succès et taisant leurs revers ,
Briguent impudemment l'honneur de grandes cures ,
Lorsqu'ils ont méconnu de visibles fractures ;
Ni de ces orgueilleux et subtils raisonneurs
Hypocrites zélés , ardens convertisseurs ,
Qui, voulant forcément exercer leur empire,
De leurs propres amis excitent le délire ;
Qui d'ailleurs libertins et sans ame et sans foi ,
Se font de leur folie une suprême loi.
Ni de ces bonnes gens qui, par leurs somnambules,
Voudraient nous endormir de contes ridicules (13).

ráison, les forces digestives de l'estomac, que les maladies se pro-
longent, prennent un caractère plus grave ou conduisent à la mort.
Où en serait aujourd'hui M. d'Hardivillers, si on ne lui eut pas tracé
une route diamétralement opposée à celle qu'il avait tenue jusqu'a-
lors? Il nous semble encore le voir :

Son extrême maigreur, son hétique figure ,
Attestaient que des vers (des sangsues) il était la pâture.

(13) *Tant sur l'esprit humain ont toujours de pouvoir ,*
Les spectacles frappans qu'il ne peut concevoir.
Toutefois loin de moi l'intention sévère
De baptiser du nom d'illusion vulgaire ,
Le magnétique effet qui met en action
De maint individu l'imagination.
De ces êtres, surtout, dont l'indolente vie
Par d'excessifs plaisirs fut sans cesse appauvrie,
Qui, voulant conserver quelques sensations,
Accourent réclamer d'autres émotions ,

Enfin aperçoit-on parmi les animaux,
De ces hardis savans , enjôleurs tout nouveaux ,
Dont la prétention et l'aveugle manie
Sont d'avoir tout écrit en physiologie ,
Et d'oser soutenir que notre Créateur
Ne saurait mériter le titre de docteur,
Pour n'avoir pas logé dans les bosses du crâne
Ce qu'il plaça d'abord dans ce divin organe ,
Mobile précieux , je veux parler du cœur,
D'où partent constamment l'existence et l'honneur (14).

Hélas ! quand verrons-nous la fureur des systèmes ,
Cesser de moissonner les médecins eux-mêmes ?
Jusques à quand , Docteur, sera-t-on condamné
Au tourment du jalap, à l'horreur du séné ?
Sectaires dangereux , faiseurs de prosélytes ,
De nos réformateurs superbes acolytes,
Votre goût pour le sang, qu'à grands flots aujourd'hui,
On répand, à l'instar des *Hecquet* et des *Guy* (15),

> Ou mieux la faculté de s'énerver encore,
> Comme jadis, dit-on, au temple d'Épidaure.
> Un jour je m'avisai, sans trop de vanité,
> De parler plaisamment de l'électricité.
> Voilà qu'un *physicus* d'une main galvanique
> Saisissant tout-à-coup la pile voltaïque ,
> Imprime à tous mes sens une commotion
> Dont se ressent encor ma contitution.
> Depuis cet argument, je crois au magnétisme,
> Et, s'il le faut, j'irai jusqu'au somnambulisme.

(14) M. Gall prétend, à l'imitation de Descartes, que les passions résident dans..... le cerveau. Les animaux dépourvus de cet organe sont-ils donc sans amour, sans crainte, sans désirs, etc.? Les grandes pensées, a dit, avec raison, Vauvenargues, viennent du cœur. Cet organe est le premier développé; le cerveau, au contraire, demande une éducation et de longues études pour se former.

(15) Guy Patin vivait en 1649, et Hecquet en 1720. Ces deux

Ne peut donc s'assouvir ?... Saigneurs infatigables,
Qui rendez effrayans vos *dociles* semblables,
Si du meurtre l'organe est chez vous apparu,
La France gémira d'avoir trop tôt connu,
D'un système maudit l'inventeur téméraire
Qui veut que l'homme naisse assommeur ou corsaire,
Libertin ou fripon, assassin ou voleur,
Ehonté charlatan ou perfide jongleur,
Et que l'orgueil enfin ait pour protubérance
La pointe d'un clocher, qui dans les airs s'élance (16).
Savans ambitieux, habiles séducteurs,
Qu'ont produit jusqu'ici vos écrits imposteurs,
Vos discours erronés, vos bruyantes querelles,
Vos boiteux argumens, vos *méthodes nouvelles?...*
De m'arrêter ici, je me fais une loi ;
Les tombeaux encombrés vous répondront pour moi.

  Si les hommes étaient moins enivrés d'eux-mêmes,
(J'entends parler toujours des hommes à systèmes),
Et si tes partisans, ces docteurs exclusifs,
A l'observation étaient plus attentifs,
Les peuples et les rois, passant sur cette terre,
Doucement parcourraient leur pénible carrière ;
Et l'art de conserver la santé des humains,
Alors s'assurerait des progrès plus certains.

  Mais, non, l'homme égaré par l'esprit de système,
Dans ses opinions en ce jour est extrême ;

mauvais médecins français, grands partisans des émissions sanguines, abusèrent de la saignée comme en abusent beaucoup de
médecins d'aujourd'hui.

(16) M. Gall a conçu l'idée bizarre de confondre la fierté, je
ne sais de laquelle il veut parler, avec la pointe des clochers et
la cime des montagnes. Ce qui ne serait peut-être pas arrivé, dit
un aimable écrivain, si les hommes ne s'étaient point avisés de
donner le nom de *hauteur* à une nuance de l'orgueil. Au sur-

Il marche hardiment, dénaturant les faits,
Toujours il a raison, ne se trompe jamais.
La seule nouveauté mérite ses hommages,
C'est parmi les marmots qu'il trouve les vrais sages.
Hé bien! je veux aussi, je le veux pour jamais,
Avoir une méthode, et voici mes projets.
    Si le ciel, cher Docteur, un jour, en médecine,
A l'éducation malgré moi me destine,
En me tenant toujours dans la route du vrai,
Aux élèves d'abord ainsi je parlerai :
Soyez simples, décens, et que la patience
Chez vous soit alliée à l'humaine prudence.
Qu'envers tous la douceur et l'affabilité
Toujours marchent de front avec l'intégrité,
Et qu'en Dieu la croyance électrisant votre ame,
Allume les ardeurs d'une sincère flamme.
De votre souverain soyez, mes bons amis,
Sujets respectueux, dévoués et soumis.
Quelquefois guérissez sans espoir d'honoraires;
Que l'affreuse indigence ait droit à vos lumières.
Qu'on découvre en vos mœurs de la sévérité.
Surtout conservez bien l'austère probité.
Observez et voyez, cherchez avec constance,
Notre éducation est dans l'expérience;
Mais qu'un coupable orgueil ne vous porte jamais
A faire sur vos jours d'homicides essais.
Bravant la syphilis, voulant triompher d'elle,
Vos deux amis sont morts victimes d'un faux zèle (17).

plus, si M. Gall a raison, nous conseillons à M. D'Ha...... d'aller s'asseoir sur le pic de Ténériffe.

(17) Plusieurs journaux de médecine nous ont appris que deux élèves d'un hospice de Paris avaient succombé, par une aveugle opiniâtreté, à la syphilis, qu'ils s'étaient inoculée, et qu'ils prétendaient guérir par des applications réitérées de sangsues. Com-

Aux sots livres du jour ne vous attachez pas,
Ils vous exposeraient à de nombreux faux pas.
Ne fabriquez jamais de ces mots ridicules
Qui font des Facultés trembler les vestibules.
Si vous entendez dire à quelque médecin,
Que *femur* vient du grec et non pas du latin,
Soudain, criez haro ! mais en folliculaire,
N'allez pas afficher un hasardeux confrère.
Fréquentez les salons, si tel est votre goût ;
Mais que matin et soir on vous trouve debout,
Quand un malade, en proie à la douleur amère,
Appelle avec transport votre saint ministère.
Si vous dormez le jour, si vous jouez la nuit,
Quel temps prenez-vous donc pour penser avec fruit ?
Êtes-vous obligé d'envoyer un mémoire ?
Evitez qu'il vous cause *un pénible déboire.*
Si votre apothicaire invoque vos secours,
Qu'il reçoive *gratis* vos soins de tous les jours.
Chérissez, pratiquez l'active bienfaisance,
Et ne manquez jamais à la reconnaissance (18).

bien il est facile de prédire la chute d'un système qui admet
une cause spécifique de la maladie vénérienne, du cancer, etc. !

(18) Il nous en coûte d'être obligé de donner une explication
à ces six vers ; mais il le faut, dans l'intérêt de l'art de guérir,
dont la pharmacie est une branche essentielle. Un apothicaire
des environs de Paris, à en croire la renommée, aurait usé d'une
ingratitude bien noire envers la veuve et les enfans du médecin qui
le protégeait au point de lui avoir formé une clientele très-avan-
tageuse. Nous ne parlerons pas des soins que ce pharmacien avait
reçus de son docteur, pour les différentes maladies survenues dans sa
famille, car notre opinion est, qu'un médecin ne doit point recevoir
d'honoraires d'un pharmacien ; mais nous avons frémi au récit des
faits que nous allons exposer, toujours d'après le bruit public.

Ce médecin meurt, son apothicaire le porte aux nues dans un

Il est un rôle affreux que nous défend l'honneur;
Je veux parler ici du vil diffamateur.
Voulez-vous du public avoir la confiance?
Il faut être sans fard, surtout sans arrogance;
Vous pouvez le séduire avec un air pédant,
Mais il finit toujours par être clairvoyant.
N'allez pas sans pitié traîner à l'audience
Un client en retard ou d'une maigre aisance.
Gardez-vous d'arracher un legs humiliant,
Assez d'autres, sans vous, font leur Dieu de l'argent.
Empésez votre col, plissez votre cravate,
Marchez à pas bien lents ou marchez à la hâte;
Mais près de la beauté que l'amour trouble encor,
Soyez en médecin et non pas en Lindor.

Revenons, cher Docteur, à ta foi médicale,
Regardons de plus près ta méthode banale.
J'aime la vérité, je déteste l'erreur,
Des systèmes, je crains jusques à la lueur.
Je sais que du *gaster* redoutant l'influence,
Tu ne prêches, BROUSSAIS, que l'austère abstinence;

discours académique. Trois mois après, un mémoire de médicamens fournis depuis plusieurs années, est envoyé à la famille du défunt: celle-ci s'étonne, crie au scandale et se refuse à payer. On nomme des arbitres : les parties s'aigrissent, et cette affaire, si singulière dans les fastes de la reconnaissance, est à la veille d'aller aux tribunaux!...... Nous avons donc cru devoir engager les étudians en médecine, à être plus généreux et à ne perdre jamais le souvenir d'un bienfait.

Un médecin, sans doute, ne peut se dispenser de payer son apothicaire, parce que celui-ci a fait des avances pour se procurer ses médicamens; mais on doit lui envoyer son mémoire à la fin de chaque année, comme à un autre client, et ne point attendre qu'il ne soit plus de ce monde, c'est-à-dire, *qu'il ne puisse plus obliger,* pour venir exiger le montant de ce mémoire à la veuve et aux enfans, qui ont bien assez de leur douleur

Mais une opinion, hélas! est-elle un fait?
Souvent ne prends-tu pas la cause pour l'effet?
Je suppose un instant, qu'une large blessure
De ton crâne, Docteur, opère la rupture,
Ou bien qu'en tes vaisseaux, et par l'absorption,
On fasse pénétrer un violent poison;
Il en résultera, du moins je l'imagine,
Une fièvre, BROUSSAIS, que, suivant ta doctrine (19),
On ne pourrait, ici, malgré ton nom d'auteur,
Et dussé-je encourir ta mordicante humeur,
Décorer du grand nom de palpable gastrite,
Sans être soupçonné d'avoir l'encéphalite (20).
Mais si dans l'estomac, on introduit d'abord
Le délétère agent; soudain je suis d'accord,
Car je sais convenir qu'en cette circonstance
Ton favori viscère est affecté d'avance.
Ainsi, lorsque tu vois les symptômes locaux,
Lentement succéder aux signes généraux,
Tu frapperais cent fois ta féconde cervelle,
Tu n'en aurais pas moins la fièvre essentielle (21).

sans y ajouter celle que cause toujours une réclamation à laquelle
on ne devait pas s'attendre.

(19) *Doctrine* est là pour la rime, car nous ne pouvons nous
résoudre à donner ce nom à une méthode curative.

(20) Voilà qui vient du grec, et qui signifie inflammation du
cerveau avec délire continu, regard fixe et hébété, etc.

(21) M. BROUSSAIS avance, et M. Caffin a prétendu avant lui,
*que toutes les fièvres doivent être rapportées à une lésion locale
dont la fièvre n'est qu'un symptôme.*
La fièvre bilieuse, celles avec le type intermittent, etc., etc.,
dépendent-elles toujours d'une irritation locale? Nous avons
ouvert beaucoup de sujets morts à la suite de ces maladies, de
fièvre ataxique (maligne), etc., et nous n'avons rencontré aucun
vestige d'irritation dans le ventre, la poitrine, le cerveau, etc.

N'as-tu pas quelquefois en automne, au printemps,
De la fièvre d'accès éprouvé les tourmens?
Qu'arrive-t-il alors?... l'action musculaire
Est promptement lésée et le pouls s'accélère;
La gaster à son tour, mais sympathiquement,
Il est très-vrai s'altère. Ici, dis-moi comment,
Gastrolatre Docteur, incomparable maître,
Dans ce fébrile état ne veux-tu reconnaître,
Que du ventre *chéri* l'unique affection?
Ne verras-tu jamais que l'irritation?
Sur elle ta *doctrine* obstinément fondée,
Malgré tes partisans, est par nous regardée,
Comme un vaste éteignoir, qui, couvrant la raison,
Détruit tous les ressorts de l'émulation,
Ou qui, favorisant la crédule ignorance,
Lui donne pour tuer une certaine aisance.
O BROUSSAIS! en effet, il n'est point aujourd'hui,
Un élève d'un an qui ne compte sur lui,
Et l'on rencontre à peine, en tout un auditoire,
Un docile pinceau pour tracer une histoire (22).

M. BROUSSAIS a déjà fait quelques concessions sur ce point, puis-
qu'il admet la fièvre essentielle continue. Espérons:

Dieu fit du repentir la vertu des mortels.

(22) Que le lecteur se rassure, le culte de Clio n'est pas plus ré-
pandu qu'on ne l'a cru jusqu'à ce jour; la note, qui suit, lui dira ce
qu'on doit entendre en médecine, par ces mots, *tracer une histoire.*
L'opinion de M. BROUSSAIS, comme celle de Brown dans son
temps, bouleverse toutes les jeunes têtes, charme les paresseux et
éblouit les médicastres subalternes. Plus d'obstacles à vaincre, plus
de difficultés dans l'étude des maladies; elles se réduisent à l'irritation d'un organe. Faites cesser cette irritation et tout sera fini.
On ne fait plus de cas de la médecine d'observation que les plus
grands génies de tous les siècles ont cultivée avec tant de gloire et

Soulager les humains , de leurs maux les guérir,
Est un simple talent que l'on peut acquérir,
En lisant seulement tes *irritans* ouvrages.
On laisse les anciens , on les couvre d'outrages ;
Encore, cher Docteur, si tes jeunes amis,
Savaient interpréter tes leçons, tes avis ;
Dussent-ils, les ingrats , comme toi méconnaître
Les services rendus par Pinel , notre maître,
Moins souvent on verrait les fragiles humains,
Succomber sous les dards dont ils arment leurs mains.

BROUSSAIS ! avec talent, et j'ajoute avec gloire,
Des inflammations tu nous traces l'histoire ;
Et je crois que du sceau de l'immortalité,
Ton nom sera marqué, quoiqu'on l'ait contesté.
Je sais que par tes soins la fièvre adynamique
Est métamorphosée en phlogose gastrique (23) ;
Mais en lettres de sang la publique douleur
Sur ta tombe inscrira : Ci-gît un grand saigneur.

de succès. De nos jours le plus mince étudiant en médecine se refuse à marcher sur les pas des Fernel, des Hollier, des Bonnet, des Baglivi , des Stoll, des Zimmermann , etc. On ne peut plus, dans nos hôpitaux, trouver un élève qui veuille recueillir avec détail la marche et les circonstances particulières que peut présenter une maladie, depuis son invasion jusqu'à sa fin. Ils se contentent d'ouvrir des cadavres où un excès d'enthousiasme leur fait souvent voir ce qui n'existe pas. La diète et les sangsues sont leur panacée universelle, les irritations leurs maladies ; et si leur maître succombait aujourd'hui, on lirait ces mots sur sa pierre : *Medicamenta meher- clè non curant.*

(23) M. BROUSSAIS soutient qu'il n'existe point de fièvre adynamique (putride), qu'elle n'est autre chose qu'une inflammation intestinale. M. Jacquet, et autres, ont cependant fait des ouvertures de sujets morts de fièvre putride sans trouver nulle trace d'inflammation dans l'estomac, etc. Nous déclarons, sur l'honneur, que cela nous est arrivé plusieurs fois.

J'ai vu, non sans frémir, dans nos riches provinces,
Un sang pur ruisseler, comme au temps où nos princes,
D'une autre frénésïe éprouvant les excès,
Périssaient sous les coups de leurs propres sujets.
Presque en tous lieux, Docteur, et grâces à tes vues,
On ne verra bientôt que lancettes, sangsues.
On saigne pour la goutte ou pour l'épuisement,
Et pour une vapeur, on saigne également.
Il ne faut plus manger que l'arabique gomme;
Pour le fortifier on veut abattre un homme,
Et s'il est faible au point de ne pouvoir agir,
On lui tire du sang, dût-il même en mourir :
Car pour être en santé, d'après cette *doctrine*,
Il faut montrer toujours une chétive mine.
D'une simple douleur, du mal le plus bénin,
A peine après vingt jours aperçoit-on la fin ;
Et si la maladie est de quelqu'importance,
Il faut au moins six mois pour la convalescence.
La lèpre, le scorbut, les dartres, les cancers,
De l'irritation sont des modes divers.
L'idiotisme enfin, les lésions optiques,
Sont, suivant tes prôneurs, des symptômes gastriques.
Ils ont tout supprimé, jusques au cacao,
Tant ils craignent, BROUSSAIS, l'entérite-gastro.
De la sobriété, vantent-ils l'avantage,
Garde-toi de penser qu'ils en fassent usage!
Toi-même aussi, Docteur, je t'ai vu quelquefois
Observer la diète en mangeant comme trois.

Hier encore, BROUSSAIS, chez une jeune mère,
J'eus peine à contenir ma trop juste colère.
La patiente, hélas! depuis trente-cinq jours,
D'une autre médecine implorait les secours!
En effet, dans de l'eau, deux prises de fécule,
D'un docteur renommé composaient la formule.

Il appelait ce mets, *régime atténuant*,
(D'autres le nommeraient plutôt exténuant.)
Remarque, cher Docteur, que l'hirudomanie
Avait rompu déjà la vitale énergie,
Qu'une galette *azyme* (24), en farine de lin,
Gisait sur l'estomac et l'oppressait ; qu'enfin
La malheureuse était d'une telle appétence,
Que de ses alentours trompant la vigilance,
De son épais topique elle se nourrissait ;
Je dirai plus, BROUSSAIS, elle le dévorait (25).
N'est-ce donc pas assez de saigner sans mesure,
Sans nous priver encor de toute nourriture ?

Te parlerai-je, aussi, de ces prétentions
Qu'affichent maint jongleur (je tais ici leurs noms),
De vouloir réformer l'opium, l'émétique (26),

(24) Pâte non fermentée, sans levain.

(25) Il y a ici, nous l'avouons, de quoi faire pâmer une petite maîtresse ; mais nous sommes obligés de dire les choses telles qu'elles se sont passées.

(26) Qui oserait nier la supériorité de l'émétique, sur tout autre moyen, dans le traitement des plaies de tête, des coqueluches, des *fluxions de poitrine*, des rhumatismes articulaires, des hémoptysies ou crachemens de sang, et même de la phthysie pulmonaire.

Le savant, le sage professeur Laënnec, donne ce médicament d'une manière progressive, à la dose de douze et quinze grains, et ses malades entrent promptement en convalescence.

Nous avons eu à traiter, dans Versailles ou dans les environs de cette ville, depuis le mois de janvier dernier, trente-neuf individus atteints de *fluxions de poitrine ;* un seul, un vieillard entièrement épuisé par cent cinquante sangsues, précédemment appliquées, a succombé ; cependant, après sa mort, nous n'avons pas trouvé le moindre vestige d'inflammation dans toute l'étendue du conduit alimentaire, ni dans la tête.

Trois hémoptysies, qui avaient osé résister aux sangsues et à la

L'écorce du Pérou (27), dont la puissance antique,
Lui valut tour-à-tour les noms d'*herculien*,
D'antidote fameux, *d'héroïque moyen*.

diète, ont cédé d'une manière vraiment miraculeuse au premier
vomissement provoqué par l'émétique administré à la manière
de M. le professeur Laënnec. Nous pourrions citer ici une dame de
Versailles, madame de Fr.... aussi distinguée par les grâces de
son esprit que par la bonté de son cœur ; elle était menacée par
un crachement de sang violent et jusqu'alors rebelle à tous les
moyens mis en usage. M. Laënnec, appelé en consultation, a
prescrit l'émétique, et a sauvé l'intéressante malade, à la grande
satisfaction de tous ceux qui la connaissent.

Nous sommes si convaincus de l'efficacité de l'émétique, dans
les maladies ci-dessus mentionnées, que nous pousserons la té-
mérité jusqu'à proposer une épreuve à M. BROUSSAIS ; et comme
il faut que l'indigence y trouve son profit, nous conviendrons
que celui qui perdra le plus de malades, sera tenu de compter
cinq cents francs, en faveur de l'hospice de Versailles. Nous
prendrons chacun un égal nombre d'individus placés dans les
mêmes circonstances et atteints de coqueluche, de *fluxion de
poitrine*, de rhumatisme articulaire aigu, etc. Notre intention
unique est d'être utile à l'humanité, en démontrant *mathématique-
ment* aux partisans exclusifs de la méthode curative de M. BROUS-
SAIS, qu'ils ont tort dans beaucoup de cas, et d'autant plus tort
que, comme eux, les malades ne *reviennent* pas de leurs erreurs.

(27) M. BROUSSAIS ose-t-il remplacer le quinquina par les sangsues pour combattre les fièvres intermittentes ? Nous lui prouve-
rons, quand il le jugera à propos, que les fièvres tierces, quartes,
etc.; ne se guérissent jamais par les émissions sanguines, tandis
qu'elles cèdent souvent à l'émétique et toujours au quinquina.

Accourez, docteur Le ....., et dites - nous franchement le
triomphe des sangsues dans le traitement des fièvres d'accès. C'est
à vous qu'il appartient de prendre la parole en faveur d'une méthode, essentiellement meurtrière, là où l'inflammation n'est point
manifeste. Vous avez eu beau appuyer fortement votre pesante
main sur l'estomac d'une malade, pour lui faire avouer qu'elle

T'avoûrai-je , Docteur, que la première enfance,
N'est pas même à l'abri de cette extravagance,
Qui de tes zélateurs fait d'autres Thémison,
Des Willis, des Botal, même des Bosquillon.
Sur un être d'un mois on pose vingt sangsues,
Ses forces aussitôt se trouvent abattues.
D'appeler du secours les parens sont d'accord,
Il n'est déjà plus temps car le malade est mort (28).
De cet événement on s'entretient, on cause,
Chacun est empressé d'en connaître la cause ;
On fouille les poumons, le gaster, le cerveau ;
Ces organes, BROUSSAIS, n'offrent rien de nouveau.
Je démontre aussitôt qu'il est mort d'anémie,
(Ou que faute de sang, il a perdu la vie.)
  Docteur, reprends la plume, et de tes partisans,
Apaise la fureur, je crois qu'il en est temps.
Les pères éplorés, par ma voix t'en supplient;
Tes vrais amis, BROUSSAIS, pour ta gloire t'en prient.
Reproduis les erreurs, si tel est ton désir,
De Chirac, de Sylva, même de Vicq-d'Azyr;
Et sans nous l'avouer, suis le si noble exemple
Des Bichat, des Pinel que l'Europe contemple.

souffrait, elle n'en est pas convenue, et n'en est pas moins morte, à
la suite des 80 sangsues qui lui ont été appliquées par votre ordre.

(28) On a calculé qu'une sangsue qui remplit bien sa tâche,
fait perdre, au moins, une demi-once de sang ; et il est prouvé
qu'un enfant d'un mois n'a, tout au plus, qu'une livre de ce li-
quide; or , nous demandons si ce pauvre petit être aurait pu
exister long-temps après une saignée de dix onces? On aura beau
nous dire qu'on ne désemplit que les vaisseaux capillaires en sai-
gnant par les sangsues, nous ne sommes plus dans l'ignorance sur
la structure précise des vaisseaux capillaires et leurs communi-
cations.

De Prost et de Pujol, sois le compilateur,
Et de Thomasini l'adroit imitateur.
Que nous importe ! alors qu'une secte inhumaine
Ne moissonnera plus nos amis par douzaine.
Pour te prouver encor que ton école, hélas !
Ne peut que nous ouvrir les portes du trépas,
C'est que Portal, Laënnec, Alibert, Desgenettes,
Qu'en tes écrits, par fois, avec dédain tu traites ;
Ni l'illustre Boyer, ni Larrey, ni Dubois,
Que nos voisins jaloux ont loués quelquefois,
Sont bien loin d'approuver tes gigantesques vues,
Et blâment hautement ton amour des sangsues.
Adieu, Docteur, adieu, tu ne peux m'en vouloir,
Je n'ai fait que remplir un pénible devoir.
Moins d'*irritation*, surtout plus de franchise,
Te feraient convenir de ta grande méprise,
Et de ton *Catéchisme* abjurant les erreurs,
Tu préviendrais encor de déchirans malheurs (29).

(29) Nous terminions cette épître lorsqu'on nous a remis une thèse excellente, soutenue le 22 mai dernier, à la célèbre Faculté de Médecine de Paris ; elle rend parfaitement notre opinion sur le Catéchisme physiologique ; elle a pour titre : *Essai sur la médecine populaire et ses dangers*, par M. Colon.

L'auteur de ce Catéchisme, dit M. Colon, débute par l'aveu précieux « que tous les livres qui ont eu pour but de mettre la médecine à la portée des gens du monde, sont plus ou moins mauvais ; » *et c'est précisément pour cette raison qu'il entreprend d'écrire, parce qu'il croit ces sortes d'ouvrages devenus nécessaires dans l'état actuel de la société, où les gens du monde ont pris l'habitude de lire des livres de médecine, et il pense que le sien sera excellent. Sans parler de cette prétention peu modeste d'un jeune écrivain qui proclame lui-même qu'il fera très-bien dans une carrière où tous ses prédécesseurs ont* mal fait, *bien que plusieurs joignissent à une vaste érudition des succès non contestés dans leur pratique médicale, nous croyons que, plus la manie dont il parle est ré-*

pandue, moins il est digne d'un médecin de la caresser et de chercher dans cette complaisance coupable un moyen de célébrité. Plus il y a de personnes étrangères à la médecine, disposées à lire les ouvrages qui en traitent, moins on doit leur faciliter cette lecture, et les maîtres dont les noms honorent le plus la science et l'humanité, n'auraient jamais conçu l'idée d'un Catéchisme médical pour le peuple. Le danger de ces sortes d'ouvrages est inhérent à leur forme, fussent-ils d'ailleurs écrits avec la plus grande prudence, la sagacité la plus parfaite ; tous les préceptes eussent-ils reçu la sanction des lumières et de l'expérience, le danger de l'application est toujours là, rien ne peut le faire disparaître.

L'auteur du Dialogue l'a bien reconnu, continue M. Colon, puisque, après avoir dit « qu'il faut que les personnes qui ne font pas profession de la médecine aient une théorie médicale, » il ajoute que « l'art de guérir, c'est-à-dire, les détails de l'application, ne peuvent appartenir qu'aux médecins. » C'est ce qu'il ne persuadera jamais à ses lecteurs, quoiqu'il pense prouver d'une manière très-positive qu'ils ne seront pas tentés de se traiter eux-mêmes, parce qu'il ne leur donne pas de formules ! Et qu'ont-ils besoin de formules, si toutes leurs maladies sont des gastrites?.. .. De l'eau et des sangsues, des sangsues et de l'eau,.... car dans beaucoup de cas l'eau de gomme serait trop nourrissante .... Ils n'ont donc pas besoin de formules, pour mettre des sangsues à l'épigastre, que vous leur indiquez comme le siége primitif de tous les maux ; et puisque vous nous assurez que nous portons tous une gastrite chronique, bien souvent il est vrai sans nous en douter, que de gens vont se faire sangsurer par précaution !

La forme dialoguée adoptée par l'Auteur, dit encore M. Colon, est d'autant plus commode qu'il présente lui-même les objections qu'il se propose de résoudre, et qu'elle lui donne la facilité d'en atténuer un grand nombre et d'omettre les plus importantes. Je n'entreprends pas l'examen des deux doctrines ; je ne puis donc suivre le jeune médecin dans tous ses développemens, je ferai seulement remarquer qu'il se contente d'effleurer plusieurs points très-importans. Il s'en tire avec son savant, qui ne me paraît pas très-difficile sur les preuves, en lui répétant souvent : « Que de plus amples détails n'appartiennent qu'à un traité de médecine-pratique. » *Il avoue donc qu'il ne donne à ses lecteurs que des notions incomplètes, aussi dangereuses que des idées fausses,* a dit M. Richerand, *pour tout ce qui regarde la médecine.* Que serait-ce donc si on prouvait qu'il leur donne souvent des idées fausses ? Il ne dit pas un mot de la syphilis et du scorbut : d'où vient donc ce dédain pour deux maladies qui sont le sujet *des méditations des plus habiles praticiens ? La cause n'en serait-elle autre que l'impossibilité de les présenter à l'appui de la doctrine émise dans tout cet ouvrage, et la nécessité de faire une exception en leur faveur? Mais ce dernier parti ne convient pas aux partisans d'un système exclusif, et quand ils ne peuvent donner de satisfaisantes explications, ils s'en tirent par des tours de force et des subtilités. Je suis surpris que le savant ait montré si peu de curiosité : le sujet en valait la peine.*

Sans doute l'auteur de l'histoire des Phlegmasies chroniques, *M. BROUSSAIS, dont le nom ne figure sur le titre de l'ouvrage qui nous occupe en ce moment que pour lui servir de passeport, est tout-à-fait étranger à sa publication. Il n'aurait pas souffert qu'un jeune médecin, qui se dit son élève, proclamât, avec une arrogance qui se rapproche trop du charlatanisme,* que les préceptes d'Hippocrate et de tous les grands maîtres qui, depuis la renaissance des lettres jusqu'à nos jours, ont illustré l'art de guérir, ne sont qu'un amas confus de pratiques plus ou moins ridicules et nuisibles; *qu'il osât porter contre les hommes les plus distingués par leur savoir et leur probité, l'accusation d'ignorance, d'ignorance volontaire..... et presque d'assassinat. Mon cœur et mon esprit se révoltent à une pareille assertion ; et j'aime mieux penser qu'il a été entraîné par un fanatisme irréfléchi pour une théorie séduisante par sa simplicité, que de supposer que l'ambition ou l'envie ont dirigé sa plume.*

Je ne révoque nullement en doute que les inflammations gastro-intestinales ne soient mieux connues aujourd'hui et plus fréquentes qu'on ne le croyait autrefois. Je suis persuadé que le traitement anti-phlogistique, avec les restrictions et les modifications convenables, doit être le plus fréquemment employé, et le sera souvent avec succès; mais je rappelle que l'auteur d'une thèse soutenue il y a peu d'années devant cette Faculté, thèse dans laquelle il rapportait plusieurs observations en opposition directe avec le système qu'on présente comme guide infaillible, s'exprimait ainsi : « Je crains que l'impulsion salutaire, donnée par *M. BROUSSAIS,* ne devienne bientôt aussi funeste à l'humanité, par sa trop grande extension, qu'elle pourrait lui être utile contenue dans de justes bornes. » *Et je fais des vœux pour que le* Catéchisme de la Médecine physiologique *ne soit pas destiné à justifier cette crainte.*

L'Auteur de cette Épître finit par voter pour que le *Catéchisme médical* subisse promptement le sort du livre informe du sieur *Le Roi ;* et il renvoie, pour une discussion plus approfondie de l'opinion du professeur du Val-de-Grâce, à l'ouvrage du D.ʳ Lesage, intitulé : *Dangers et absurdités de la Doctrine de M. BROUSSAIS.*

BIBLIOTHÈQUE ROYALE

FIN.

www.ingramcontent.com/pod-product-compliance
Ingram Content Group UK Ltd.
Pitfield, Milton Keynes, MK11 3LW, UK
UKHW020007130726
13694UKWH00005B/2137